KB079256

이 시대 마지막 한량(閑良)
백장(百樟)의 시선(詩線)

고뇌하며

사랑하며

노래하며

존재 사랑 행복

ⓒ 윤상천, 2024

초판 1쇄 발행 2024년 6월 8일

지은이   윤상천
펴낸이   이기봉
편집   좋은땅 편집팀
펴낸곳   도서출판 좋은땅
주소   서울특별시 마포구 양화로12길 26 지월드빌딩 (서교동 395-7)
전화   02)374-8616~7
팩스   02)374-8614
이메일   gworldbook@naver.com
홈페이지 www.g-world.co.kr

ISBN   979-11-388-3244-1 (03810)

나를 버리고 나를 만나려 나의 길을 찾아 길을 걷는다

존재 사랑 행복

윤상천 지음

좋은땅

| 목차 |

시선

사랑과 이별   12

나의 당신   13

눈물 고여서   14

당신은 모르오   15

떠난 님   16

미련   17

비련   18

이별   20

이별곡   21

이별의 순간   22

사랑에 눈멀 때   24

50대 여자   25

그대와 춤을   26

날 봐 주세요   27

눈동자   29

비너스   30

사랑은   31

사랑의 갈등   32

사랑의 불씨   34

아름다운 인생사   36

유언   38

잠 못 드는 밤   40

찢어진 하루   42

사랑이 그리워   44

그대 없이 난   45

그리움   46

그림자 사랑   47

꿈길에서   49

님 오시는 날   51

달   52

당신 때문에   53

시로 남은 사랑   55

예선강   57

하얀 도화지   58

세상은 아름다워   60

겨울이 좋다   61

달동네   63

둥근달   64

뭉게구름   65

바다   66

바람   67

삼절가경 - 소금강 별곡   69

와인 예찬   70

하늘나라 전설   72

자연과 함께   74

가을 삼선   75

강태공   77

꽃의 욕망   79

꽃향기   80

낮달   81

달빛 세상   82

등산길   84

창공의 별   85

파도   86

창조와 섭리   88

고차원 정리   89

사람   91

생과 사   92

좌우명 - 시간   93

인생   96

창조   97

천국의 조건   99

티끌   100

찾아가는 삶   102

골프   103

나의 길   105

남자의 운명   106

늙다니   107

문자 메시지   108

배신   109

사나이   110

아름다운 영혼   111

인연   113

편집중   114

해탈   115

행복의 조건   117

행복이 있는 곳   119

행복한 인생   121

수필

나는 누구인가   125

존재의 의미 - 탄생은 축복이다   128

좋아하는 것과 잘하는 것   131

성공한 인생   133

착각해야 행복하다   135

한글   137

행복론   139

시에서 노래로 ────────────

꽃다발처럼 147

어느날의 일기장 148

설악의 달빛 149

나의 당신 150

나이 듦에 대하여 152

눈물 고여서 153

님 오시는 날 154

당신 때문에 156

당신의 작은 손 157

사나이 158

사랑의 불씨 160

사랑이 머문 자리 161

야속한 님아 162

와인 163

유언 164

시
선

사랑과 이별

나의 당신

눈물 고여서

당신은 모르오

떠난 님

미련

비련

이별

이별곡

이별의 순간

나의 당신

나는 당신에게 흰 도화지이고 싶소
거기에 당신이 바라는 나를 그리세요
그럼 나는 그림 속의 내가 될 겁니다

흰 눈 쌓인 들판에 나가서
눈을 굴려 눈사람을 만드세요

크면 큰 대로 작으면 작은 대로
눈 코 귀 입 당신이 만들어 준 대로
당신의 손길 따라 살 겁니다

당신은 나에게
나를 그리면서 행복해하고
바라보면서 뿌듯해하는
나의 당신이었으면 좋겠소

눈물 고여서

눈 오는 날 우리 만났듯이
정녕 헤어질 거면
눈이 오는 날
우리 헤어집시다

팔짱 끼고 오솔길로 걸읍시다
말은 하지 말고 그냥 걸을까 봐요
갈림길에서 악수하면
갈라져서 가는 겁니다

멀어져 가는 뒷모습과 함께
가슴에 새겨진 아픔도
흰 눈 속에 묻으려고요

뒤는 돌아보지 말고 가세요
나만 보고 있을 거예요
오래 보지는 못할 거예요
눈물 고여서 눈물 고여서

당신은 모르오

헤어져 돌아서는 발자국 소리에
찢어지는 아픔으로 내 가슴 미어지는 줄을
당신은 모르오

폭풍우 쏟아지는 밤
당신 향한 참았던 그리움이
아린 가슴 부여잡고 오열하는 줄을
당신은 모르오

오지 않을 당신을 애타게 그리며
내 가슴은 재가 되어 흩날리는 줄을
당신은 모르오

떠난 님

세상이 미운 걸까 사람이 미운 걸까
가는 님이 야속하여 서러움이 북받친다

떠나가는 발길 쫓아 멀어지는 뒷모습에
하늘이 무너지고 내 가슴 미어졌소

세상만사 관심 없어 눈을 감고 귀 막건만
보이는 건 님의 얼굴 들리는 건 님의 음성

아직도 내 가슴에 새겨진 님 계시거늘
눈물 자국 지기 전에 한달음에 돌아와요

미련

오늘은 끝장을 내야겠다

가치관이 다르고 성격 차이가 있어서
도저히 더는 못 참겠다

결국 이렇게 끝나는구나

절교 선언을 하러 가기 전에
샤워를 하자

단호한 선고의 말에
글썽해진 눈망울의 그녀를 그려 보면서

혹여 마지막일 포옹의 순간
여운으로 남을 체취를 떠올려 본다

비련

그대와 함께했던 것이
조금 전이었어요

우리가 같이 놀던 장면들이
생생하게 떠오르고
가슴 설레던 만남의 시간들은
아직도 나를 들뜨게 하건만

아니 이별이라니
나를 두고 떠난다고요
그리는 못 합니다
절대로 못 합니다

목숨도 아깝잖은 사랑을 했건만
마른하늘 날벼락 같은 이별이라
내가 그렇게 미웠습니까
무엇이 당신을 홀렸습니까

나를 두고 떠나는 당신
당신 없는 나
송두리째 팽개쳐진
삶의 가치라니

흩어지는 사랑의 포말 속에
내 모두를 던지렵니다

이별

사랑이 떠나간다
내게서 떠나간다
이별은 두렵지 않아
눈물은 없어

만나고 헤어짐이
자연의 섭리라 해도
가슴은 미어지고
찢어지는 아픔은 어쩔 수 없네

함께하고 싶었던 날들에
쌓이는 미련만 남겨 둔 채
날이 가고 달이 가고
해가 가서

지난날이 하 그리울 때
글썽한 눈빛으로
그대 이름 부르리
목 놓아 부르리

이별곡

사랑이 떠나가네 나를 두고 떠나갔네
사랑이 떠난 자리 시선이 머물지만
마음은 둘 곳 없어 허공만 바라보네

사랑이 떠나가네 멀리 멀리 떠나갔네
사랑이 머문 자리 따스함이 남았지만
마음은 쓸쓸하여 안개비가 내린다오

사랑이 떠나가네 기약 없이 떠나갔네
사랑이 타던 자리 체취만이 남아 있어
그리움의 파도 일고 가슴은 아려 오네

사랑이 떠나가네 말도 없이 떠나갔네
사랑을 돌아보면 고인 눈물 쏟아질까
하늘 보며 걷는 걸음 정처 없는 발길이여

이별의 순간

내가 그대를 만난 것이 행운이라 해도
그대 앞에 서기까지
수많은 선택과 갈림길을 헤치고
우여곡절을 겪으며
동시대를 사는 지구상에서
그대와 함께 호흡하는 것은
참으로 한 치의 오차도 없이
살며 선택한 결과라는 것을
그대여 아는가

우리의 인연이 이러할진대

나와 똑같이
어긋남 없는 삶의 과정에서
내 앞에 서게 된 당신 또한
오차 없는 선택을 취한 결과인 것이다

이제 그대와 내가 똑같이
오차 없는 선택을 할 순간이다

사랑에 눈멀 때

50대 여자

그대와 춤을

날 봐 주세요

눈동자

비너스

사랑은

사랑의 갈등

사랑의 불씨

아름다운 인생사

유언

잠 못 드는 밤

찢어진 하루

50대 여자

그녀가 40대일 때
남자가 말했다
앞으로 30년은 더 사랑할 수 있다고

그녀는 행복해했다
그리고 착하고 양순했다

10년이 지난 후
그녀는 혼자만의 약속을 정한다
여행도 떠난다
때로는 사납기도 하다

거침없는 의사 표현에
두려워하는 것은
남자의 팔베개란다

그대와 춤을

어둠의 저편에서 내밀어 준
구원의 손길
벅찬 감동으로 다가와
꿈결의 세계로 이끌어 주었소

한 아름 꽃다발처럼
내 품에 안기어
따듯한 그대 가슴은
행복의 둥지였어라

가슴을 파고드는
감미로운 선율에 날개를 달아
황홀한 율동에 취하는
이 순간

그대와 발맞추며
오색 빛 무지개에 사뿐히 올라
그대와 나 한맘으로
이 행복을 이어 가리라

날 봐 주세요

우리가 만난 다음 날은
당신 생각하며 행복합니다

둘째 날은
당신이 그저 보고파집니다

셋째 날은
당신과 만날 날이 기다려집니다

넷째 날은
당신 없는 일상에 익숙해집니다

다섯째 날은
당신 아닌 다른 생각도 끼어듭니다

여섯째 날은
당신이 때로는 미워지려 합니다

일곱째 날은
서먹해진 마음으로 당신을 만납니다

일주일은 너무 멉니다
그리고 또 일주일은 기다리다 지칩니다

눈동자

사슴의 눈빛을 닮은
그대 눈동자

온 세상 삼라만상 중에
선량함을 가졌어라

나는 그 눈동자에
내 모습을 비춰 본다

누덕누덕 가리고
구멍 난 내 마음을

그 눈동자 반짝일 때
황홀한 은총인 듯

나는 눈이 부셔
자신을 잃는다

비너스

차가운 비너스여
예리한 감성은 아미에 서려
보는 가슴 흔들고
정감 어린 미소는
눈가에 어려
남의 애를 태우네

냉정한 비너스여
도도한 심성은 콧날에 어려
마주치는 눈빛 떨게 하고
뜨거운 열정은
입술에 배어
남의 간장 녹이네

사랑은

사랑은 욕심쟁이입니다
혼자만 가지려 하니까요

사랑은 심술쟁이입니다
눈물 나게도 하니까요

사랑은 요술쟁이입니다
화냈다 금방 웃게도 하니까요

사랑은 그리움입니다
언제나 보고 싶으니까요

사랑은 설렘입니다
기다림이 있으니까요

사랑은 기쁨입니다
생각만 해도 즐거우니까요

사랑은 비우는 것입니다
모든 걸 아낌없이 주니까요

사랑의 갈등

내가 그리도 미웠습니까
싫으면 싫다고 말을 해 줘요
정 가신다면 그냥 보내 드려야지요
붙잡아도 같이할 수 없는 것을

아마도 먼 훗날에
우리는 후회할 겁니다
떠난 당신이나
붙잡지 못한 나나

그러나 어찌하겠습니까
가슴에 깊어진 골
감정의 응어리가
용납할 수 없는 것을

이왕에 사는 거
물릴 수 없는 인생이듯이
이별 같은 건 생각지 말고
열렬히 사랑할 수는 없는 건가요

우리 모두 살아가는 동안
죽을 것을 알지만
삶을 포기하지는 아니하듯이
사랑을 버릴 수는 없잖아요

사랑의 불씨

오늘 따라 그대가 너무도 보고 싶소
일손도 잡히지 않고
그대 모습 외엔
아무것도 생각나는 게 없소

밤하늘엔
별빛이 조롱하듯 반짝이고
달빛은 비웃으며
차갑게 지켜보고 있소

내 안의 그대는
변함없이 따듯하오
나와 팔짱을 끼기도 하고
머리를 어깨에 기대기도 하는구려

어디선가 날아온 나비처럼
사뿐히 걸어와
내 곁에 앉아선
허전한 마음을 달래 주기도 하오

내 안에서 사랑은
묻어 둔 불씨처럼
들추어 볼 때마다
빠알갛게 타고 있소

아름다운 인생사

꽃이 유달리 아름다운 것은
기쁨으로 꽃을 받아 줄
사람이 있기 때문이며

술맛이 당기는 날은
이야기꽃을 피울
술친구가 있기 때문이고

고독을 즐길 수 있는 것은
가슴속에 그리운 이가
찾아오기 때문입니다
새 지저귀는 소리가
노래로 들려오는 것은
마음이 즐겁기 때문이고

세상이 아름다운 것은
눈물 속에서 행복을
맛보기 때문이며

인생이 아름다운 것은
그대 안에 사랑을
품고 있기 때문입니다

유언

지금 나는 푹 빠져 삽니다
처음엔 미소에 끌렸고
다음엔 온화함에 매료되면서
어느새 사랑에 빠져선
세상의 중심에 서 있습니다

내가 숨 쉬는 대기를
그이도 함께 숨 쉬고 있다는 현실에
기쁨으로 벅차 옵니다

그이 지나간 자리의 터럭조차도
내겐 더없이 소중하며
버려진 허물일망정
나의 영광으로 받겠습니다

그이가 보지 못하고 듣지 못하고
움직이지 못한다 해도
나는 그이 곁을 지킬 것입니다

사랑에 자가 중독된 나는
희열이 가득한 행복의 방에서
문을 걸어 잠그렵니다
방문 손잡이에 표찰 내걸고

- 방해하지 마세요 -

잠 못 드는 밤

그대 그리운 밤
잠 못 이루고 뒤척이다 못해
당신에게 달려가는 이 마음

이 밤이 어서 새도록
애타게 기다리는 간절함을
당신은 모르리라

문득 창틈으로 들여다보는 달이 되어
잠든 그대 얼굴을
어루만지고 있는 것을

아니 포근한 솜이불이 되어
눈부신 그대 몸을
구름처럼 감싸 안고 싶은 것을

아 아
한 줌 공기가 되어
그대 숨결 속에 빨려 들어가서

팔딱이는 심장에 머물며
온몸 구석구석을 덥혀 주고 싶은 것을
당신은 모르리라

찢어진 하루

그리워도 그립다
말 한마디 못 하고
보고파도 보고 싶다
말 한마디 못 한 채
속만 끓이고 있는 못난이

하루에도 몇십 번 주고받던
문자 메시지
그리고도 수차례씩 오가던
통화마저
끊긴 지 오래인데

눈길은 전화기에 쏠리고
손길은 문자판에 가 있어도
아픈 가슴
애끓는 마음을 전하지 못하니
손에 든 전화기가 야속해 죽겠네

사랑이 그리워

그대 없이 난

그리움

그림자 사랑

꿈길에서

님 오시는 날

달

당신 때문에

시로 남은 사랑

예선강

하얀 도화지

그대 없이 난

기쁜 일이 있을 때
당신에게 맨 먼저 달려가 함께하고 싶었고

맛있는 것이 생기면 당신을 생각하며
함께 먹을 궁리를 하였습니다

지나다가 좋은 공연 안내를 보면
당신과 함께 볼 꿈을 꾸었고

비 오는 날 기분이 울적해지면
당신과 기울였던 소주잔이 생각났습니다

이제 달려갈 곳 없는
서글픈 세상에서 나는

허공에 그대 모습 그리고
슬플 땐 강에 나가 그 설움 띄운답니다

그대 없는 세상에서 나는
응시할 곳 없는 눈만 껌벅이고 산다네

그리움

묻힌 세월 속에서도
눈 감으면 솟아나는 그리움

되돌아간 시간 속에서
떠오르는 아련함

그리움의 심연에서
목이 터져라 불러 보지만

가슴을 할퀴는 애절함은
냇물처럼 흘러서 용소를 이룬다

시공을 넘어 불현듯 솟구치는
뭉클한 그리움에
오늘도 나는 젖는다

그림자 사랑

우리는 얼마 전에 헤어졌습니다
나의 사랑은 이제 시작인가 봅니다
헤어지기 전엔
그를 사랑하는지 몰랐습니다

지금은 그가
온종일 내 안에 있습니다
그의 건강을 염려하고
일상 속의 행복도 소망합니다

순간순간
그의 일과가 궁금하기도 하면서
닫혀 버린 상상력에
우울할 때도 있지만

그와의 추억을 더듬다 보면
그 시절의 즐거움이 번지면서
어느새
행복 안에 있습니다

그와 함께했던 시간을 주신
신에게도 감사하면서
그가 몰라도 좋을 사랑을
혼자 품고 살아갑니다

꿈길에서

어느 날 문득 잠에서 깨었을 때
그대에게 달려가리라
목이 터지도록 그대를 부르리라

그대 손잡고
무작정 달려가리라
함께하고 싶은 길이 있기에

비록 그 길이
다시는 돌아올 수 없는
길일지라도

얽히고설킨 것 모두 잊어버리고
보이지 않고 들리지 않는다 해도

그대와 함께할 수 있다면
그 길을 가고 말리라

눈을 감으며
꿈속에서라도 달려가리라
함께이고 싶은 길을 향해서

님 오시는 날

님이 오시나 보다
달그림자 따라
내 잠든 모습 보려
창문 너머로 오시나 보다

님이 오시나 보다
낙엽 지는 소리 밟고
가을 소식 전해 주려
바람결로 오시나 보다

님이 오시나 보다
추적추적 빗소리에
눈물을 삼키시고
그리움 안고 오시나 보다

님이 오시나 보다
소복소복 쌓이는 눈길에
화들짝 기쁨 주려
가만가만 숨죽여 오시나 보다

달

휘영청 밝은 달이
님 계신 곳 알 것 같아
모가지를 길게 빼고
자꾸만 쳐다본다

거울 같은 저 달 속에
그 님 얼굴 비칠까
속절없이 바라보는
내 모습이 애절하다

둥근달에 비추어진
간절한 이 마음을
그 님도 저 달 보고
알았으면 좋으련만

당신 때문에

오늘 밤
베갯머리 하얗게
지새는 것은
당신이 그리워서
잠 못 들기 때문입니다

오늘 밤
귀뚜라미 울음소리
처량한 것은
사무치는 외로움에
눈물짓기 때문입니다

오늘 밤
낙엽 지는 소리가
힘없는 것은
당신 없는 이 세상에
절망하기 때문입니다

오늘 밤
우레 소리가
하늘 땅 가르는 것은
참은 가슴 터뜨리며
울부짖기 때문입니다

나의 내일 밤도
사랑은 아프겠지요
당신 때문에

시로 남은 사랑

그대를 만난 것이 행운이라면
함께했던 순간은 행복이었습니다

아름다운 사람이 있어
세상이 아름다웠고
혼자만의 아름다움이기엔
벅찼던 사람

다른 이의 시새움을 샀을
우리 만남은
신마저 노하여
헤어지게 되었나 봅니다

이별을 생각했으면
사랑을 했을까마는
내일 죽을 것을 모르듯이

오늘을 살아야 하는 이에겐
어디선가 또
사랑이 기다리겠지요

보고플 땐 그림처럼
그리울 땐 시처럼
내 안에 남아 있는 사랑아
부디 행복하여라

예선강

예선강 예선강 나와 놀던 예선강
강물아 강물아 배 띄웠던 강물아

그 강물 흘러가고 그 배도 떠나갔건만
그리움이 강물 되니 뱃놀이 해 볼 거나

별빛 흐르는 강 은하수 한복판에
조각달 띄우고 뱃놀이하자꾸나

하얀 도화지

참다가 참다가 눈이 왔습니다
눈이 폭포처럼 왔습니다

종일토록 쌓여서
온 누리가 하얗습니다

자꾸만 생각나는 사람이 있습니다
눈 덮인 세상에 떠오르는 얼굴

여기를 봐도 저기를 가도
사방이 하얀 도화지 위에

오직 하나로 그려지는 그림
그 사람의 얼굴

눈이 나를 그리움 속에
파묻었습니다

세상은 아름다워

겨울이 좋다

달동네

둥근달

뭉게구름

바다

바람

삼절가경 - 소금강 별곡

와인 예찬

하늘나라 전설

겨울이 좋다

난 추운 게 싫다
그러나 겨울은 좋다
따듯한 난로가 좋다

난 온돌이 좋다
조각 이불 깔아 놓은 아랫목이
너무 좋다

모두가 이불 속에 발을 넣고
둘러앉아 얘기하는 정겨움이
정말 좋다

겨울은 사람을 가까워지게 해서 좋다
팔짱 끼고 걸을 때
추운 건 더 좋다

겨울엔 눈이 와서 좋다
마음이 깨끗해지는
하얀 세상이 좋다

눈 내리는 밤
길거리를 누비는
낭만이 좋다

누군가가 그리워지는
긴 밤은
왜 그리 좋은지

달동네

여기는 달동네다
건너편은 산동네다
꼬불꼬불 골목길
다닥다닥 붙은 집
여기나 저기나

산동네 식구들은 밤이면 달동네로 놀러 온다
상현이는 해 질 녘부터 넘어와 있고
하현이는 날이 밝도록 눌러앉곤 한다
명월이는 한 해에 두 차례만 친정 나들이
만월이는 뚱뚱한 게 부끄러워
한 달에 한 번만 외출한다나
막내 월식이는 숨바꼭질 대회가
열릴 때만 나타난다

달이 높이 뜨면 장독대에 올라서
울어대는 누렁이
그도 달에게 하소연할 게 있나 보다
이제 달동네 재개발로
동네 친구들과 놀 수가 없네

둥근달

머리 위에 걸린
가로등처럼
은은하게 밝은
동녘 둥근달

한지 속
조명등처럼
온화한 빛깔에
마음이 따스해진다

가슴 시린 추억 안고
방황하는 나그네
등 뒤에서 벗 해 주는
새벽 둥근달

오늘도 이슬에 젖는
허망한 마음속에
가로등 같은
달 하나 매달았음 좋겠다

뭉게구름

푸른 하늘에 피어오르는
하얀 뭉게구름
새털 솜털 뽀얀 먼지구름까지
하얀 거품이 말아 갔다

뭉게구름이 빨아 낸
파란 하늘 아래에 나부끼는
빨래 만국기가 눈부시다

거품 뭉게구름아
풍진 세상살이에 때 묻은
내 마음의 얼룩도
깨끗이 거둬 가다오

바다

하늘과 맞닿은 수평선
누가 양 끝에서 줄을 당겨
저 물을 가두고 있는가

철통같은
수평선에 갇힌 바다는
터져 나가고 싶다

아무 아랑곳도 않은 채
구름이 만드는 재롱 잔치에 심취한
수평선에 맞닿은 하늘

몸부림치다 지쳐 버린 바다는
모래톱에 떠밀려 와서
거품을 토하며 최후를 맞는다

바람

태초부터 불었을 것이다
세상을 만든 것도
그것을 돌게 하는 것도
소용돌이의 바람이려니
한길로만 가고 있는 바람

수많은 세월
하늘의 울부짖음과 땅의 몸부림을 뒤로하고
온갖 풍상을 지어내며
때로는 격렬하게 때로는 온화하게
미련은 두지 않고 휩쓸고 갔다

쉼 없이 한길로만 달리며
추하고 더러운 것 쓸어버리고
봄 여름 가을 겨울 메고 달렸다
격정의 소용돌이도 스스로 풀어 헤치며
혼돈의 대지 위에 화평의 씨 뿌렸다

인고의 세월
산하를 부딪고 쓰다듬어
멋지고 놀라운 작품들도 남겼다
오래고 지쳐서 멈출 만도 하건만
오로지 평정은 궁극의 가치였음에

삼절가경

- 소금강 별곡

비경(秘境)을 쉬이 내어 준다면 절경(絶景)이 아니리
땀을 흘리고 다리품을 판 후에야
계곡은 감춰진 속살을 내어 주는 거

유곡(流谷)에 다가설 때 장엄한 그 울림은
하늘의 경고인가 산하의 몸부림인가
오 오 이윽고 전개되는 춤추는 비경

발걸음 뗄 때마다 펼쳐지는 폭포 절경(絶景)
고개 들면 눈에 차는 깎아 솟은 귀면절벽(鬼面絶壁)
굽이굽이 넋 잃으니 속세와는 현실절연(絶緣)

속절없이 잠 못 드는 밤이 온다 해도
나 이제 두렵지 않네
가없는 폭포와 용소의 비경(秘境)은
온 밤을 반추해도 밤보다 길 것이니

와인 예찬

요정의 피일까
피의 요정일까
견딜 수 없는 그 유혹에 빠지고 싶다

차가운 지하 인내의 시간
짓무르는 한을 삭이고
향기로 피어나 빛깔로 익었다

글라스에 담기는 순간
유혹의 피가 되어
고혹적 자태로 속살을 드러낸다

천 가지 향기로 다가와
혀를 휘감는
너와의 입맞춤은

만 가지 맛으로 비단결처럼
입 안을 감돌아
세상살이 한 행복을 맛보게 하네

와인
영원히 사랑받을 생명수여
기꺼이 몸과 마음을 맡기노라

하늘나라 전설

펑 펑 펑 쏟아지는
　　　눈발 속으로
고개 넘고 내를 건너
　　　오솔길 따라
마주한 산기슭에
　　　작은 집 하나
눈에 갇힌 어둠 속
　　　호롱불 붉고
창틈으로 비치는
　　　불빛 너머엔
군밤 내 피어나는
　　　화롯가에서
할머니 옛날얘기
　　　이어져 가고
듣고 있는 아이 눈
　　　졸음 쌓일 때
소곤대며 내리는
　　　눈 오는 소리
하늘나라 전설이
　　　쌓여만 간다

자연과 함께

가을 삼선

강태공

꽃의 욕망

꽃향기

낮달

달빛 세상

등산길

창공의 별

파도

가을 삼선

산

단풍 든 낙엽 아래
돌 틈을 비집고
떨어지는 계곡물
흐르는 소리가
한여름 지친 가슴
시원토록 쓸어 주네

하늘

오장육부 물들 듯한
새파란 가을 하늘
무섭시리 싯퍼런
창공의 깊숙함에
한없이 빨려 드는
눈시울 시리구나

밤

가을밤 머리맡에
귀뚜라미 연주 소리
유리 현을 타는 듯
낭랑한 선율에
나그네 열린 귓속
시려워 잠 못 드네

강태공

눈을 감는다
너의 모습 떠오른다
미끈한 몸매
날렵한 몸놀림

큰 바위 그림자 엉큼한 곳
산신령처럼
없는 듯 있고 있는가 하면 사라진
종잡을 수 없는 너

물 깊은 호수일망정
가뿐한 숫구침에 파문이 일고
거울 같은 수면은
반짝이며 살아난다

인내는 한계에 도달하고
기대를 접어야 할 즈음
기다림의 추를 낚아채는
뿌리칠 수 없는 힘

온몸으로 전해 오는 몸부림에
가슴 벅차오르고
수면 위로 솟구친 너는
호반의 꿈이었나니

꽃의 욕망

우주 만물 가운데
사랑 속에 태어나서
사랑을 먹고 자라며
사랑 속에 살고 있는 인간

죽는 순간까지
작은 욕망이 있는
해맑고 아름다운 영혼을
사랑해야겠다

순수가 본원적 가치라 해도
욕망 없음은
섬 없는 대해요
구름 없는 하늘이듯

나무가 뿌리를 내리는 것처럼
물고기가 강을 거스르는 것처럼
꽃도 욕망이 있어
향기를 피운다

꽃향기

아침 해가 부끄런
　　　장미 꽃송이
새색시 미소 짓듯
　　　수줍어할 제
벌 나비 날아와서
　　　맴돌다 가네
풋내음 꽃향기가
　　　아직 선가 봐

어디선가 날아온
　　　나비 한 마리
바지랑대 그림자
　　　담 넘어갈 제
살며시 꽃에 앉아
　　　입맞춤하다
꽃향기에 취해서
　　　잠들었나 봐

낮달

해님은 달을 꽤나 미워하나 보다

사람들이 앞에서는 해님을 숭배하지만
뒤돌아선
달만을 찬양하고
노래하기 때문이다

그래서 해님은 가끔
달을 동녘 문 앞에 세워 놓고
혼을 내고는 한다
절대로 자신 앞에 얼씬하지 말라고

달은 겁에 질려 창백하다
오늘도 내 친구 상현달이
야단맞고 있다

동녘 하늘에 핼쑥하게 떠 있는 낮달

달빛 세상

산등 넘어 몰래 본

노을 해님을
나 홀로 연모하여

핼쑥한 달이
하늘 올라 고인 님

사랑 받으니
명월 되어 온 세상

발아래 두고
산봉우리 준령들

큰절 받으며
도도한 월색이야

비길 데 없네

화사한 달빛 아래

위풍 당당히
옛날 위로 달려간

새로 난 길이

엎드린 앞산 허리
　　　　감고 넘을 때
물줄기 굽이굽이
　　　　속살 보이고
산자락 휘돌아서
　　　　너울 춤추는
교교한 달빛 세상
　　　　꿈속만 같네

등산길

등산길 모퉁이
바위 아래

조그맣게 홀로 핀
이름 모를 꽃

그 모습이 애처로워 발을 멈춘다

벌 나비도 날지 않는 아득한 산중
모진 데 홀로 서서
낯선 이를 반기는가

오며 가는 길손아
발걸음 조심해서 짓밟지 마라

한 조각 삶일망정
깊은 산 험한 밤을 홀로 지킴이
가상치 아니한가

창공의 별

별들이 떨고 있다
밤의 창공은 춥다

맑은 밤하늘의 별들은
더 많이 떤다

모두가 쏟아져 나와서
서로 보면서 떨고 있는 별

별은 외로움에 떤다
자기들끼리는 위로가 안 되는 별들

별은 사람의 가슴이 그립다
끊임없이 반짝이며 사람에게 구애하는 별들

오늘은 떨고 있는 별 하나
가슴에 담아야겠다

파도

수평선 너머 드넓은 바다
무한 자유 지대
마음껏 춤추고 뛰어 놀았으리라
광란의 낮과 밤도 보내면서

물결과 물결이 뒤엉켜 으서지는
무한 전투 지대
출렁이는 아우성은 자유였다
부딪치며 쟁취하는 생존의 가치이기에

파도가 온다
수평선 너머에서 어깨동무한 채
자유의 깃발 들고
도도하게 밀려오고 있다

자유의 물결들
먼 길을 달려와
지친 몸을 내던지며
자유의 포말을 흩뿌린다

우리 모두 달려가 파도를
출렁이는 자유를
맨몸으로 맞이하리라
철썩 쏴아 철썩 쏴아
자유다

창조와 섭리

고차원 정리

사람

생과 사

좌우명 - 시간

인생

창조

천국의 조건

티끌

고차원 정리

우리가 사는 공간은 3차원이다
시간을 더하면 4차원이다

시공간을 채우는 것은 물질이다
물질은 곧 에너지로서
시공간에 존재의 의미를 부여한다

시공간의 충진재로서
이합집산
변화무쌍
천변만화하는
에너지는 5차원이다

스스로 증식하는
DNA를 가진 에너지
생명체
생명을 가진 에너지는 6차원이다

인간의 사고력은 형태가 없다
생명 차원을 뛰어넘어
또 다른 우주이고 시공간이다
무한 사유의 사고력
인간은 7차원의 존재이다

사람

죽은 자의 금침보다
산 자의 누더기가 귀중하며

부자의 수많은 재물도
마음 비운 이에겐 돌멩이에 불과하네

기막히게 아름다운 경치라 한들
사람의 심상만이야 하겠는가

무한한 우주일망정
사람 마음 한구석일세

생과 사

새것을 만나는 것은 즐겁다

조금은 두렵기도 하지만
희망과 기대는 그렇게 있는 것

언제나 시작되는 아침이
반복되는 일상 또한 새롭거니

죽어 가는 과정 속에서
움터 나는 새 생명

태초부터 불고 있는 바람
지구를 쳇바퀴 돌지만
불어올 때마다 새롭거니

반복 속에서 새것이 잉태되고
진화가 완성되는 길에

죽음은 두려울 게 없네
한 번만의 영원한 경험 아닌가

좌우명
- 시간

시간은 공간을 낳았고
매 순간 공간을 품고 있으며
미래의 공간을 잉태한
공간의 어머니이다

시간이 흐르는 것이 아니고
만물이 미래를 향해 달려가는 것인바
존재의 특성과 여건에 따라
달리는 속도는 다른 것임을 알라

생명의 시간엔 원래 절댓값이 없나니
그대가 시간에 쫓기고 있을 때
시간은 빨리 가고
그대가 따분해 할 때 시간은 느려질 것이다

깊은 물은 느리게 흐르거니와
삶의 강줄기에서 천천히 저어 가라

생명의 인식과 행위에 따라
그의 생체시계가 다르게 갈 수 있음을 알라
그대가 숨을 가쁘게 쉴수록
그대 몸의 시계도 가쁘게 달릴 것인즉
깊고 긴 숨으로 살라
그대가 누릴 수 있는 시간이 늘어날 것이다

사람의 행복은 남에게 인정받는 데 있지 않고
스스로 느끼는 삶 속에 깃든 것인즉
비록 그대의 인생이 보람찬 것이라 해도
시간에 쫓기는 삶을 산다면
결코 행복을 말할 수 없다

행복은 자유 안에 있고
그대가 진정 자유코자 한다면
시간의 굴레를 넘어서야 할지니

일에는 열중하되 쫓기지 말라
쉴 때는 실컷 놀되 게으르지 말라
내일 죽는다 할지라도 영원히 살 것처럼 살라

일생의 성공은
이루어 낸 업적에 있는 것이 아니라
누린 시간 속에 형성된
영혼의 가치에 있음이로되

인생

부채 끝에 이는 바람처럼

누군가의 손을 빌려
불현듯 왔다가

포말처럼 사라져 가는

인생은
낮잠 속 꿈같은 것

창조

우주는 풍선이다
터져 나간 불 풍선이다

아주 작은 불씨 하나가 맹렬히 팽창해서
커다란 풍선 불이 되었고

한없이 터져 나가서
우주 공간이 되었다

지상의 불은 모든 걸 태워 없애지만
우주의 불은 모든 걸 만들어 낸다

우주 공간
터져 나간 불씨 속에 담겨 있는 그것

창조 줄기세포
하늘의 별들은 그로부터 생겨났다

위대한 풍선 불

태양

창조 줄기세포 빛 알갱이

멀리서 쬐기만 해도

불꽃이 피고 만물이 창생 한다

땅 위의 생명들은 그렇게 생겨났다

천국의 조건

단 하나의 조건은
누구나
마음먹은 대로 이루어지는 곳

그래서
거짓이 없을 것
미움이 없을 것
싸움이 없을 것
슬픔이 없을 것
아픔이 없을 것
욕심이 없을 것
재앙이 없을 것

죽음은 선택일 것

티끌

맑고 깨끗하고 순결한 것은
쉽게 물들고 더럽혀진다

파란 하늘에 구름이 없다면
푸른 바다에 섬이 없다면
사막에 오아시스가 없다면
인간에게 감정이 없다면
인생에 고뇌가 없다면
사랑에 아픔이 없다면
행복 속에 눈물이 없다면

별은 우주 속 티끌이다

찾아가는 삶

골프

나의 길

남자의 운명

늙다니

문자 메시지

배신

사나이

아름다운 영혼

인연

편집증

해탈

행복의 조건

행복이 있는 곳

행복한 인생

골프

골프는 즐겁다
골프장 가는 길

이글성 버디도 그려 보고
롱퍼트 인의 후련함도 떠오른다

티샷 오비로 아쉬운 입맛 다시고
뒤 땅 치는 애통함에

벙커에서 벙커로 참담함도 맛본다
쓰리 퍼트의 씁쓸함이란

행운 같은 '어쩌다 잘 맞은 공'에
우쭐해지고

나이스 온에 희망을 키우며
오케이 한마디에 안도하는 것

마지막 홀 아쉬움 남아
다음을 기약하니

사람들이 말한다
인생의 축소판이라고

나의 길

도가도 비상도(道可道 非常道)라

기찻길은 내가 갈 길이 아니다
신작로도 내가 갈 길이 아니다
바닷길도 하늘길도 나의 길이 아니다
내가 가는 길은 나와 만나는 길이다

나를 알고자 나를 던지고
나를 보고 나를 생각하며
나를 버리고 나를 만나려
나의 길을 찾아 길을 걷는다

갈래길 올레길 둘레길 순례길…

남자의 운명

똑똑한 여자는 영리한 자손을 보고
아둔한 여자는 남자를 단명케 한다

알뜰한 여자는 집안을 일으키고
손 큰 여자는 남자를 힘들게 한다

어설픈 여자는 남자를 사려 깊게 하고
철저한 여자는 남자를 멍청케 한다

상냥한 여자는 남자를 출세시키고
요염한 여자는 남자를 허약케 한다

양순한 여자는 남자를 사나이로 만들고
활달한 여자는 남자를 소심케 한다

착한 여자는 남자를 평안케 하고
지독한 여자는 남자를 고독케 한다

늙다니

늙는다고 서러워 마라
누구나 거쳐 가는 과정이기에
씩씩하게 맞이하라

외모가 늙는 것이 아니고
마음이 약해진 것이니
나이를 잊어버려라

의욕을 갖고 열정적으로 살며
젊은 친구를 사귀고
매력 있는 이성으로 머물라

시작하는 하루에 욕심내지 말고
무난한 것에 감사하며
아낌없는 사랑을 베풀라

멋진 인생의 완성을 위하여
항상 기뻐하는 삶은
그대의 뇌를 늙지 않게 할 것인즉

문자 메시지

엄숙한 분위기
상사의 질타와 훈시

지루하다 못해
표정도 굳어 가는데

나를 미소 짓게 하는
한 토막 문자 메시지

호주머니에서
몸을 간질이는 것

몸부림으로 신호하는
내 모두살이

구중궁궐 삼엄함을 비웃고
소리 없이 담장 넘는 나비처럼

홀연히 엄숙함에 침입한
반가운 메시지 한 토막

배신

전화가 울린다
받지 않는다
아니 받을 수가 없다

아침 산행을 약속했는데
밤에 친구가 전화해서
고구마를 캐러 갔다
줄기를 따라 흙 속을 헤집으면
주먹만 한 토실한 고구마가 들어나는 게
신이 나서 골몰하다가
묵직한 허리를 펴고
쳐다보는 하늘은 티끌 없는 푸른빛이다
전화기가 몸부림친다
떨림이 멎을 때까지
바라보고 있는 가슴이 조여든다
멍하니 쳐다보는
하늘엔 아픈 균열이 생긴다

사나이

죽음에 임해서 한이 남으면 실패한 것이다
이루어 낸 사회적 공덕이 지대한들
죽음 앞에 발버둥 치면 진 것이다

어느 날 중병이 둥지를 틀었다 해도
위문하는 면면들의 숙연한 표정 위에
빵 터지는 유머 하나는 던지는 남자

마누라 죽은 후에 화장실에서 웃을지언정
그녀의 상한 몸에 장기 하나 내어 주는
의협심은 있어야 남자 아니냐

타이타닉호의 남자 주인공처럼
여인을 구명정 위에 올려놓고
장렬히 파도 속으로 헤엄쳐 가는 용기

그런 사내와 일주일만 살아도
여자는 행복하단다

아름다운 영혼

심성의 아름다움이야 타고나는 것
호기심 많아 넓은 세상 누비고
온갖 것 경험하며 인생을 알았다

지나온 삶에 후회는 없노라
뜨거운 사랑도 했었고
아픈 이별도 있었지

세상이 속이고 사람이 미웠을 때
기도 속에 용기를 얻었고
아이들은 삶의 기둥이었네

믿음과 정열로 누리 위에 오롯하다
세상살이 열정과 사물 보는 혜안 있으매
두려울 것 없노라

세상의 넉넉함과 땅 위의 은혜로
모진 세상살이 슬기롭게 넘었다

당당한 영혼으로 만인의 가슴에
남아 있는 별이 되기를…

인연

당신은
내가 죽은 후 한참 후에
함께했던 때를 생각하고
우리의 지난날을
그리워하는 사람이면 좋겠다

산과 들녘의 풀꽃들이
영광과 보람의 날들을 보내고
흙에 돌아가려 반추할 즈음
내 무덤에 꽃 한 송이
갖다 놓는 사람이라면 좋겠다

가을 깊은 날
산하의 금빛 잔디에 서리가 앉으면
작은 돌멩이 한 개 호주머니에 덥혀
무덤에 갖다 놓아 주는 사람이면 좋겠다
그대 몸의 온기를 느낄 수 있게

편집증

그건 쓸데없는 생각이다
하찮은 일이요 스쳐 가는 느낌에 불과하다
내가 쓸데없는 생각을 하는 줄 안다
쓸데없는 생각을 하지 말자고 생각한다
쓸데없는 생각을 말자는 생각이 쓸 데 있는 생각인가 생각한다
아니 쓸데없는 생각을 말자는 생각이 쓸 데 있는 생각인가 생각하는 것
은 쓸데없는 생각이라고 생각한다 쓸데없는 생각을 말자는 생각이 쓸
데 있는 생각인가 생각하는 것은 쓸데없는 생각이라고 생각하는 것은
쓸 데 있는 생각이라고 생각한다 쓸데없는 생각을 말자는 생각이 쓸 데
있는 생각인가 생각하는 것은 쓸데없는 생각이라고 생각하는 것은 쓸
데 있는 생각이라고 생각하는 것은 쓸데없는 생각이다 쓸데없는 생각을
말자는 생각이 쓸 데 있는 생각인가 생각하는 것은 쓸데없는 생각이라
고 생각하는 것은 쓸 데 있는 생각이라고 생각하는 것은 쓸데없는 생각
이라고 생각하는 것은 쓸 데 있는 생각이다 쓸데없는 생각을 말자는 생
각이 쓸 데 있는 생각인가 생각하는 것은 쓸데없는 생각이라고 생각하
는 것은 쓸 데 있는 생각이라고 생각하는 것은 쓸데없는 생각이라고 생
각하는 것은 쓸 데 있는 생각이라고 생각하는 것은 쓸데없는 생각이다

해탈

알 수 없는 어느 날 느닷없이 안겨진
선물 같은 생이 아니었던가
따사로운 햇살과 자양 가득한 대지
생명의 구석구석을 일깨우는 맑은 물
행복을 숨 쉬는 대기에 이르기까지

삶은 그것들의 조화 속에 이루어졌고
세상은 넓고 역사는 남는다 한들
생은 짧고 관계는 미약하구나

우주로 가자
한없이 넓고 변화무쌍하여
험난하기 그지없는 곳
육신을 벗어난 혼령에 거칠 것 없도다
욕망이 없으니 지혜만 있구나

삶을 관통하여 이룩된 관계물과 인연들은
한 점 지구 역사에 갈피하련다
개미들은 수박통을 오가며 분주하구나
철 지난 수박일랑 저 멀리 굴려 버리자

눈을 감고 의식을 집중한다
자아는 절로 가벼워져 땅 위로 솟구친다
싸늘한 기운과 암흑의 소용돌이
가슴이 벅차고 화안한 기쁨이 충만한다

행복의 조건

시간은 돈이라고
생의 열정과 시간을 쏟아서
돈을 벌라

세탁기를 사라
자동차를 사라
컴퓨터를 사라
로봇을 사라
인공지능을 사라
생활의 편리를 사라
사람을 사라
시간을 사라

시간이 생겼다면
하고 싶은 것을 하라
그 안에서 나만의 세계를 이루라

시간이 주는 여유
시간의 열매인 행복
행복을 느끼는 순간에도
시간은 필요하나니…

행복이 있는 곳

행복은 커다랗게 있지 않다

행복은 호수의 물처럼 고여 있지 않고
반짝이는 물결 속에 숨어 있다

행복은 가마솥에 있지 않고
함께 먹는 양푼 비빔밥에 있는 것처럼

서고에 가득한 책 속에
행복이 있는 것이 아니고
책갈피 속
글 한 줄 속에서
행복은 느껴지는 것

곳간에 쌓아 둔 재물이 많다 해도
나누어 베풀 때 행복한 것이다
잘 차려진 임금님 수라상이라 한들
찻잔 속의 행복을 넘을 수는 없느니

행복이란
일상 속의 한순간
잠시 멈추어
살아 있음을 맛보는 것이다

행복한 인생

인생살이는 이 고비 저 고비 넘어가는 고갯길
살다 보면 괴로움도 있고 즐거움도 있네
고비 고비 넘어갈 때에
사랑이 있다면 힘들지 않으리

인생살이는 이 굽이 저 굽이 헤쳐 가는 덤불길
살다 보면 슬픔도 있고 기쁨도 있네
굽이굽이 헤쳐 나갈 때
사랑이 있다면 어렵지 않으리

인생살이는 높은 산 큰 언덕 올라가는 험한 길
살다 보면 아픔도 있고 신명도 있네
아슬아슬 줄 잡고 갈 때
사랑이 있다면 두렵지 않으리

사랑하면 힘이 솟고 사랑 안에 기쁨 있어
너와 내가 사랑하니 우린 함께 행복하네
사랑하며 꿈을 꾸고 사랑으로 맺는 열매
서로가 사랑하니 모두가 행복하리

수
필

나는 누구인가

존재의 의미 - 탄생은 축복이다

좋아하는 것과 잘하는 것

성공한 인생

착각해야 행복하다

한글

행복론

나는 누구인가

우리는 살아가면서 여러 번 이를 자문해 보지만 뚜렷한 해답에 도달하지 못한 채 이내 단념하고 각박한 현실의 생각 속으로 돌아오게 된다. 옛날 봉건 시대 같으면 국가와 아무개 씨 집안의 몇 대 손, 장자냐 차자냐 등이 누군가를 결정짓고 어떻게 살아야 하는지도 정해지는 요인이었지만, 온 세계를 활동 무대로 살아가는 현대인들에게는 큰 의미가 없는 것이 되었고 개인의 성공과 살아온 이력이 누군가를 결정짓는 시대가 되었다.

그러나 이러한 개인의 성공과 살아온 이력은 사람 개개인의 참나를 구현한 것이 아니라 생존의 수단으로 성취한 결과물이 대부분일 것이다.

그렇다면 참나는 누구인가?

존재의 의미는 신의 영역에 맡겨 두고, 나를 다른 사람과 구별 짓는 나만의 특성이 궁극적으로 내가 누구인지를 설명하는 요소인 것이다.

나만의 특성이란, 재능을 포함하여 내가 무엇을 좋아하고 어떤 것을 가장 하고 싶어 하는가에 달려 있다. 그것이 내가 남과 다른 누군지를 설명해 주는 것이다.

사람들 대부분은 직업상 성공을 거두었다고 해도 그가 여가를 즐기거나 현업에서 은퇴했을 때 하고 싶어 하는 것들은 살아오면서 성취한 것과는 서로 다른 경우가 대부분이다.

군인이라고 해서 평생 전투만 할 수는 없는 것이고 부자라고 가진 돈을 끊임없이 세라고 한다면 행복할 수가 없을 것이다.

결국 사람들이 여가 때 좋아한 놀이나 취미가 내가 남과 다른 누군지를 설명하는 요소인 것이다.

우리는 흔히 평화롭고 아름다운 정경 속에서 아무런 걱정이 없을 때 낙원에 있다는 생각을 하곤 한다.

아담과 하와가 지상으로 쫓겨나기 전에 살던 곳은 낙원이었을 것이고 분명 거기에서는 직업을 갖고 시간에 쫓기거나 빚을 지고 가슴 졸이는 일은 없었을 것이다. 아마도 맛있는 열매들을 실컷 따 먹으며 하루 종일 노는 데 골몰했을 것이다.

이처럼 인간의 본성은 노는 데 있으며 노는 가운데 즐거움과 행복을 느끼는 것이 삶의 본질이다. 일을 즐거워하고 일하는 가운데 행복을 느끼는 것은 그 일을 성취한 결과 자신이 좋아하는 것을 할 수 있다는 기대감에서 오는 것이다.

그러므로 행복하기 위해서는 노는 것에 소홀하지 말아야 하고, 될 수 있는 대로 하고 싶은 것을 많이 해서 죽음에 이르렀을 때 결코 여한을 남기지 않는 인생이 성공한 인생인 것이다.

문명이 발달하고 삶이 풍요로워지면서 문화도 발전한다.

문화의 본질은 노는 것이다. 그것이 인간의 본질이기 때문이며 생활의 발전과 더불어 각종 공연과 예술, 스포츠가 발전하는 이유이기도 하다.

결론적으로 사회적 신분이 아닌, 내가 무엇을 잘하고 좋아하며 시간을 보내는가가 내가 다른 사람과 구별되는 지점이며 참나가 누구인지를 말해 준다는 것이다.

존재의 의미

- 탄생은 축복이다

137억 년 전 빅뱅으로부터 우주가 탄생되었습니다.

아무것도 없는 상태에서 우주라는 세상이 열린 것입니다.

즉 무에서 유가 된 것입니다.

전자(電子)로부터 시작된 존재의 세상은 양자와 결합하여 원소를 이루고 원소가 결합하여 물질을 형성하며 이들이 뭉치고 합해져서 극대화한 것이 우주의 별이고 태양이며 지구인 것입니다.

이로써 세상은 유(있음), 다시 말해서 존재가 본원적 가치인 세상이 된 것입니다. 그리하여 우주는 있음 자체에 머무르지 않고 광속에 가까운 속도로 확대, 증식해 나아가고 있는 것입니다.

그러나 별이나 태양이 아무리 거대하다고 해도 존재의 형태로 볼 때는 원시적인 것에 불과합니다. 왜냐하면 그것들은 물이나 돌멩이처럼 원자와 분자의 단순 물리화학적 결합의 존재 형태일 뿐이기 때문입니다.

그에 비해서 생명체는 복잡한 DNA 구조를 가지며 스스로 복제, 증식하는 능동적, 고등적 존재라고 하겠습니다. 단세포생물로부터, 진화되어 각종 식물과 동물에 이르는 생명체, 그중에서도 최고등 존재는 단

연 사람일 것입니다.

이 존재(有)가 지배하는 세상에서 존재는 선(善, 좋음)이고 무(없음), 즉 파멸은 악이라 할 것입니다.

생겨나는 것은 선이고 파괴되는 죽음은 악인 것입니다.

그래서 최근의 필리핀을 강타한 태풍이나 후쿠시마 지진, 수년 전의 인도네시아 쓰나미 등으로부터 멀리는 공룡의 멸종을 가져온 거대 운석의 충돌에 이르기까지 천재지변을 일컬어 최악의 재해라고 하는 것입니다.

우주적 관점에서 본다면, 우리가 바라보며 별의별 생각과 만 가지 상념으로 교감하는 밤하늘의 별들은 하루에도 수천수만 개 이상 새로이 탄생하는 것으로, 이는 존재, 즉 선(善)의 확산이며 또 다른 고등한 존재의 출현에 토대를 제시하는 것이므로 좋은(善) 일 중에서도 아주 좋은 일이라 할 것입니다. 반면에 모든 것을 모조리 흡입, 파괴하여 말살시키는 우주 블랙홀은 나쁜 것 중에도 최악이라 하겠습니다.

이와 같은 기본 위에서 생김(탄생)이라는 것은 선, 곧 좋은 일이라고 하겠습니다. 모든 생명체는 선중의 선인 존재로서 생명 자체는 기쁨의 존재라고도 하겠습니다.

이 세상에 존재하는 것 중에서 최상위의 존재는 사람이므로 사람은 선(좋은) 중에서도 최선의 존재라 할 것입니다.

자신이 태어나기를 원해서 탄생한 사람은 아무도 없지만 우주 전체를 통틀어 최선의 존재인 사람은 그래서 태어난 자체가 축복이며 산다는 자체가 행복인 것입니다.

그러므로 사람이 행복을 추구하는 것은 본능이며 생명과 함께 부여받은 사명입니다.

사람들은 일상생활 중에 즐겁고 행복하다고 느끼기보다는 일에 쫓기고 다른 이와의 갈등 속에서 힘들고 괴롭다는 생각들을 많이 하고 살아갑니다.

그러나 중병을 앓고 나았거나 큰 사고로 생명이 위태로웠던 경험을 하게 되면 죽지 않고 살아 있다는 생각에 희열과 감사함을 느끼며, 살아 숨 쉰다는 사실만으로도 행복을 느끼게 되는 것입니다.

그러므로 하고 많은 존재 중에서 무릇 사람으로 태어난 존재인 나는 우주의 시공간을 통틀어 행운의 결정체이며 최고의 귀중한 존재이므로 이 축복으로 맞이한 세상을 행복이란 자만심을 가지고 살아갔으면 좋겠습니다.

좋아하는 것과 잘하는 것

우리가 살면서 좋아하는 것에 열중해야 될까?

아니면 잘하는 것에 집중해야 할까?

철학자는 좋아하는 것을 하라고 하고 경제학자는 잘하는 것을 해야 좋다고 한다. 좋아하는 것을 선택하면 베짱이라 할 수 있고 잘하는 것을 선택하면 개미라 할 수 있다.

사회가 발달하면서 좋아하는 것만 해도 전문가가 되어, 살아가는 데는 아무 문제가 없을 것이다. 좋아하는 것을 열심히 하다가 보면 잘하는 것이 될 수도 있고 잘하는 것을 계속하다가 보면 좋아하는 것이 될 수도 있을 것이다. 현대와 같은 복잡다지하게 분화된 사회에서는 개인에 따라 좋아하거나 잘하는 것을 떠나, 먹고사는 문제가 우선하는 일일 것이다.

금강산도 식후경이라는 말이 있다. 좋아하는 풍류놀이라 해도 먹는 것이 먼저라는 뜻으로 생존의 문제를 우선 해결한 후에 좋아하는 일을 찾아가는 것이 순서라는 것이다.

좋아하는 것과 잘하는 것이 같은 것이면 아주 좋겠지만 유년기에 재능 발굴이나 조기교육 등을 위한 것이라면 좋아하는 것에 우선순위를 두는 것이 더 나은 선택이 아닐까 생각 된다. 사람은 자신이 좋아하는 것을 하면서 행복을 느끼고 또 오래도록 할 수가 있는 것이므로.

그러나 경제적 효용성을 중시한다면 잘하는 것에 집중하는 것이 유리한 선택이 될 것이다. 좋아하는 것을 평생토록 하면서 행복할 수도 있고 잘하는 것을 추구하여 경제적 안정을 이룩한 후에 좋아하는 것을 하며 은퇴 후의 여유를 즐기는 것도 행복한 일일 것이다.

어떤 선택이든 열과 성을 다하여 나름의 영역을 구축하면 성공한 것이다.

성공한 인생

가장 행복한 사람은 놀기만 하고 살 수 있는 사람이다.

그 다음으로 행복한 사람은 하고 싶은 것을 마음껏 하고 사는 사람이다.

이 두 부류의 사람들이 특별히 더 행복하다고 할 수 있는 이유는 남이 시키는 일을 하지 않고, 그래서 남의 눈치를 보지 않으며 배 속 편하게 시간에 구속받지 않고 살 수 있기 때문이다.

즉 스트레스 안 받고 시간에 속박되지 않는 것이 행복한 요체인 것이다.

느리게 사는 삶이 행복한 이유가 여기에 있다.

사회적으로 성공한 인생으로서 돈이 많거나 큰 권력을 누린다 해도 시간의 지배를 받는다면 행복한 인생일 수가 없다.

시간의 속박에서 벗어나 시간을 지배하며 마음대로 시간을 조율하며 사는 인생이 진짜 성공한 인생이고 행복한 인생인 것이다.

그러나 현대 문명사회에서 많은 자유 시간을 확보하기 위해서는 남보다 더 많이 일하고 더 빨리 성공해서, 일상 속에서 내가 해야 할 일들을 나 대신 해 줄 사람을 부릴 수 있는 상황이 되어야 한다. 결국은 부와 권력이 필요하게 되는 것이다.

이 욕망으로부터 해방되려면 일찍이 마음을 비우고 달관의 삶을 살아야 할 것인 즉 평범한 인생이 이러한 삶을 살기는 매우 어려울 것이다.

어찌 보면 평범한 노숙자로 사는 인생이 행복한 인생일 수 있다는 논리적 역설에 부딪히게 되는 것이기도 하다.

행복이란 스스로 느끼는 인생의 맛보기라 할진대 인생의 성공 또한 스스로의 가치관으로 판단하는 절대적 주관의 영역일 것이다.

그렇기에 일찍이 선현들이 '삶의 주체가 자신임을 알고 스스로가 주인인 삶을 살라.'고 가르친 것이다.

누가 뭐라 하든 내가 하고 싶은 것을 마음대로 하고 살 수 있는 삶은 성공한 인생임에 틀림없다. 그리고 이것은 시간의 속박에서 해방된 것임을 의미한다.

자신이 주인인 삶에 대하여 설명하는 말과 글은 많다.

그런데 '자신이 주인인 삶의 요체가 바로 시간에 있음'을 설파한 것은 본 일이 없다.

이 명료한 명제를 들여다본 사람이 없었든 모양이다.

인생에서 시간은 매우 중요하다. 그러나 그 가치와 속도를 정하는 것은 바로 자신임을 명심하자.

그리고 자신에 맞춰 시간을 조율하고 살 수 있다면 자신이 주인 된 삶을 사는 것이며 누구보다 행복하게 사는 것이다.

그것이 성공한 인생이다.

착각해야 행복하다

사람들은 누구나 착각 속에 산다.

미래에 내가 이루고자 하는 것들은 막상 이루어지기도 하지만 이루지 못하는 경우가 더 많을 것이다.

그러나 현실의 나는 그것이 이루어진다는 착각 속에 희망을 갖고 오늘을 행복하게 사는 것이다.

사람들이 주말에 사는 복권이 그러하고 카지노, 경마, 게임 등 투기적 놀이가 아니더라도 각종 내기나 축구, 야구, 당구, 골프 등 스포츠에 있어서도 희망적 결과를 기대하는 착각이 있기에 그 과정을 즐기고 행복해할 수 있는 것이다.

내가 그를 좋아하듯이 그도 나를 좋아한다고 생각하고, 내가 이웃을 믿듯이 이웃도 나를 믿을 거라는 생각을 하며, 어느 순간 그것이 허망한 착각이었다는 것을 알고 비통해하지만 그것 또한 한순간에 지나가는 괴로움일 뿐, 대부분의 긴 시간은 믿는 것에 대한 착각 현상 속에서 일상을 누리며 행복을 추구하고 사는 것이 인간이다.

인간이 전혀 착각을 하지 않는다면, 만약 기계가 발달하여 인간의 생각을 읽어 내고 갖가지 변수와 함수를 찾아내어 미래의 일을 정확하게 예측하는 컴퓨터가 등장한다면 인간은 감시라는 강박 속에서 무미 정형화된 생활 속에 의심과 두려움을 안고 불안한 삶을 살 수밖에 없다.

이것은 인류가 멸망하는 시작점이 될 것임이 분명하다.

인간의 가장 큰 착각은 내가 시간 속을 달려서 죽음에 도달한다는 사실을 느끼지 못하고 오늘을 살며 꿈과 희망을 갖고 행복을 추구하는 것이다.

그러나 이것은 인간에게 부여된 축복이므로 내일의 결과가 나에게 분노와 슬픔을 안겨 줄지라도 오늘 나는 내일을 기대하는 희망 속에서 기꺼이 착각하며 행복하게 살고자 한다.

한글

세계적으로 한류 문화가 확산하면서 한글을 배우려는 사람 또한 크게 늘어나고 있다. 전 세계 언어학자들이 한글을 인류 최고의 과학적 문자라고 극찬해 마지않는다.

한글은 말소리를 해체, 분석하여 소리가 이루어지는 요소에 따라 자음과 모음을 구별하고 이를 초성, 중성, 종성으로 분별하여 자모 글자를 조합한 음절 형태의 논리적 적합성을 갖는, 말소리를 나타내는 글자이다.

예를 들면 자음 문자에서 입천장을 통해 발성되는 ㄱ, ㄲ, ㅋ, ㅇ, ㅎ, 혀를 통해 발성되는 ㄴ, ㄷ, ㄸ, ㄹ, ㅌ, 치아를 통해 발성되는 ㅅ, ㅆ, ㅈ, ㅉ, ㅊ, 입술을 통해 발성되는 ㅁ, ㅂ, ㅃ, ㅍ 등과 같이 말소리의 발성 기원에 따라서 계통적 형태로 창제하였으며, 모음 문자는 말소리의 음절에서 소리를 구성하는 양모음, 음모음, 중성음으로 간별하여, ·, ㅡ, ㅣ 등 단 세 가지 형태의 조합으로 말소리의 모든 모음을 표현할 수 있도록 창제된, 최고의 논리적 분석과 최고의 합리적 형태 위에 만들어진 인류 최선의 소리글자인 것이다.

우리 한글은 한 음절, 한 음절 소리의 요소를 조합한 형태의 글자이므로 유아기 시절 글을 배울 때, 사물을 조합하고 응용하는 능력을 일찍부터 기르게 되어 국민 모두가 남다른 창의성을 발휘하는 민족으로 인정받는 토대가 되었을 것이라고 자부하고 싶다.

이러한 한글의 우수함과 장점으로 인하여 근세기 안에 인류 모두의 공용 문자로 자리 매김할 것이라 기대하면서 이를 창제한 세종대왕의 탁월한 혜안과 업적에 깊은 감복과 찬사를 헌정한다.

행복론

인간은 나면서부터 행복의 조각배를 타고 태어난 것이다.

파란만장한 삶의 고해 바다에 던져졌으므로.

모든 생명체는 생명력의 노예이다.

그리고 상속 받은 유전자의 명령대로 살아가야 한다.

어떤 생명체도 스스로 원해서 태어난 것은 없다. 그러나 일단 생명을 얻게 되면 무서울 정도로, 할 수 있는 모든 수단을 동원해서 끈질기게 생명을 유지하려는 것이 곧 생명체이다. 따라서 생명체에 부여된 사명은 조상의 생명력의 특성을 후손에게 전달해 주는 것이다.

만물의 영장이라는 인간도 이 범주에서 조금도 벗어날 수는 없다. 어찌 보면 생명이란 축복의 존재가 아니라 애처로운 존재인 것이다. 인간을 위시하여 모든 생명체를 구성하고 있는 원소 그 자체는 45억 년, 아니 그보다 훨씬 더 오랜 우주 저편에서 온 것으로서 영원토록 생명과 무생물 사이를 오가며 재생되는 자원에 지나지 않는다.

이렇게 낡은 원소들이 합쳐져서 분자를 이루고 이들이 결합하여 당, 단백질, 지방 등 영양 물질이 되며 뼈와 살이 되어 결국 70~140조 개에 이르는 인체 세포를 이루게 되는 것이다.

이러한 실체로 구성된 인간이 조상의 유전자를 후손에게 물려준다는 목적 때문에 희로애락 속에 온갖 고통과 싸우며 일생을 살아가야 한다는 것은 생각해 보면 허무하고 애통한 일이 아닐 수 없다.

　이에 대한 보상으로 신은 고해 바다를 저어 갈 수 있도록 인간에게 행복이란 배를 선물로 주셨다.

　행복이라는 충만한 감정이 없으면 인간은 오래 전에 멸종되었을 것이다. 왜냐하면 인간의 영특한 두뇌가 온갖 고통을 무릅쓰면서까지 고해 바다를 저어 가지는 않았을 테니까.

　그러므로 행복이란 인간이 살아가는 데 있어서 생명만큼이나 소중한 가치인 것이다.

　우리가 꿈을 꾸며 희망을 가지고 사는 것은 미래에 실현될 행복에 기대를 거는 것이다.

　그렇기 때문에 꿈이 없으면 기대할 행복이 없는 것이고 기대할 행복이 없다면 살아갈 수가 없는 것이다.

　설사 꿈이 이루어지지 못해서 결과가 불행해진다고 해도 희망을 가지고 사는 과정이 행복하기 때문에 살아갈 수가 있는 것이다.

　칠전팔기라는 말도 있듯이, 실패를 하더라도 새로운 꿈을 꾸고 새 희망을 가질 때 성공의 기회를 잡으며 행복해질 수 있다.

　행복이란 만족스런 결과에만 있는 것이 아니고 기대하는 희망과 그 과정, 사물의 존재, 인간관계 등 살아가는 동안 수 없이 전개되는 현실 속에서 순간순간 느끼게 되는 충만한 감정의 최상위 가치인 것이다.

행복하기 위해서는 두 가지 필요조건이 충족되어야 한다.

첫째 조건은 건강이다.

건강하지 않고 행복할 수는 없다. 건강하지 않으면 본인뿐만 아니라 가족 등 타인의 행복도 빼앗을 수 있는 것이므로 모든 것에 최우선하여 건강을 유지하는 것이 필요하다.

둘째 조건은 마음의 여유다.

마음의 여유를 갖게 하는 요체는 시간이다.

무엇을 하건 어떤 것을 갖추었던 시간에서 여유롭지 못하면 결코 마음의 여유를 가질 수가 없다. 행복을 느끼는 것은 마음인 바, 시간에 쫓기는 초조한 마음 상태로는 행복을 느낄 수 없는 것이다.

매사에 여유를 가지고 이끌어 가며, 나태하지 않는 느림의 미덕이 행복을 누리는 데 참으로 중요하다.

어떤 좋아하는 일을 하더라도 시간에 쫓기면서 일을 한다면 결코 행복을 느끼지는 못하는 것이다.

흔히 시간을 효율적으로 쓰라는 충언 중에, 삶이 며칠밖에 남지 않은 것처럼 오늘을 알차게 살라는 말이 있지만, 이는 시간의 효용성을 강조하는 것일 뿐 사람을 행복하게 하는 말이 아니다.

그와 반대로 내일 당장 죽는다 할지라도 영원히 살 사람처럼 시간의 여유를 가질 때 인간은 행복해질 수 있는 것이다.

앞의 두 가지 필요조건을 충족하는 가운데, 상황에 따른 충분조건을 만날 때 우리는 행복을 느낄 수 있다.

충분조건이란 이를테면 차 한 잔을 마시는 것에서부터 음악을 듣거나 영화나 스포츠 관람, 좋아하는 일을 할 때, 좋아하는 사람과 함께할 때, 어떤 목표를 달성했을 때, 때로는 상쾌한 공기 한 줌, 따사로운 봄볕 한 줄기 등등 상황에 따라 여러 가지 조건이 있을 수 있고 그러한 가운데서 자의적으로 느끼는 만족감이 곧 행복이다.

행복은 철저히 주관적이고, 이성보다는 감성에 의존하는 혼자만의 느낌이다.

그러므로 행복은 나 홀로 언제 어디서든 대가 없이 누릴 수 있는 최고의 가치인 것이며 인생의 고해 바다를 저어 가는 데 항로를 잡아 주는 구원의 등불로서 삶의 목적 그 자체라 할 수 있다.

이처럼 귀중한 행복을 누가 인간으로 하여금 누릴 수 있게 하였을까?

행복을 느끼고 누릴 수 있는 능력은 조물주의 선물이겠으나 이를 간절히 소망하고 빌어 주는 것은 탄생을 기뻐하며 세상과의 인연을 맺은 어버이인 것이며, 부모, 자식 사이에 생명체 고유의 유전자를 공유함으로써 동시에 행복 공동체에 놓인다고 할 수 있다.

그러므로 부모 된 자는 항상 자식의 행복을 염원하며 자식의 행복을 자신의 행복으로 느끼는 것이고, 자식 또한 부모의 행복을 바라며 부모가 행복을 느낄 수 있는 삶을 사는 것은 당연한 것이기도 하다.

생명체의 유전적 특성을 나누어 가진 형제자매 또한, 피가 물보다 짙은 이유로 나의 행복을 성원할 것이고, 사회적 유대나 이익 공유적 집단 등에서 서로의 행복을 기원하며 공유하는 기쁨을 누릴 수가 있는 것이다.

무릇 생명체는 동물과 식물을 막론하고 홀로 생존하는 것이 어려운 일이고 또한 생존 자체에 외부로부터의 위협이 있었기 때문에 크고 작은 군집을 이루어 생존에 대처해 왔다.

이러한 생존의 역사에서 사람들이 어느 순간 어느 공통의 목적을 이룩하거나 또는 다른 집단과의 경쟁에서 승리했을 때, 우리는 동지적 희열을 느끼며 공명된 행복감으로 더 큰 행복을 맛보게 되는 것이다.

그러므로 행복은 일상 속의 어느 순간에도 꺼낼 수 있는 요소이지만 그것이 다른 사람과 공유되었을 때 더 큰 모습으로 나타난다고 할 수 있다.

행복에 있어서 동기와 느낌의 정도는 매우 다양한 것이지만 인간이 느끼는 최고의 행복감은 인생 항로에 한 배를 탄 사랑하는 사람과의 공유하는 행복이 아닐까 한다.

시에서 노래로

꽃다발처럼

어느 날의 일기장

설악의 달빛

나의 당신

나이 듦에 대하여

눈물 고여서

님 오시는 날

당신 때문에

당신의 작은 손

사나이

사랑의 불씨

사랑이 머문 자리

야속한 님아

와인

유언

꽃다발처럼

1

어둠의 저편에서 내민 손을 잡아 준 구원의 손길
벅찬 감동으로 다가와서 꿈결의 세계를 열어 주었소
온몸을 휘감는 감미로운 선율에 날개를 달아
둘이서 발맞추며 구름을 밟고 오색 빛 무지개에 두둥실 올라

사뿐히 돌아가며 춤을 추는 다시없을 이 순간
그대와 나 한맘으로 이 행복을 이어 가리라

2

한 아름 꽃다발처럼 내 품에 안기어
꿈을 꾸는 그대 가슴은 행복의 둥지였다오
가슴을 녹이는 황홀한 선율에 몸을 맡기고
둘이서 한 쌍으로 창공을 날아 아롱다롱 꽃밭에 내려앉아서

사뿐히 돌아가며 춤을 추는 다시없을 이 순간
그대와 나 한맘으로 이 행복을 이어 가리라

어느날의 일기장

1

그대를 만난 것이 행운이라면
함께했던 시간은 행복이었습니다
아름다운 사람이 있어 세상이 아름다웠고
혼자만의 아름다움이기엔 벅찼던 사람

그리울 땐 시처럼 보고플 땐 그림처럼
내 안에 남아 있는 사랑아 부디 행복하여라

2

이별을 생각했으면 사랑을 했을까마는
내일에 다가오는 운명을 알 수가 없듯이
오늘을 살다가 살다가 삶의 모퉁이 어디선가
묻어 둔 사랑이 기다리겠지요

그리울 땐 시처럼 보고플 땐 그림처럼
내 안에 남아 있는 사랑아 부디 행복하여라

설악의 달빛

1
산등 넘어 몰래 본 노을 햇님을
나 홀로 연모하여 가여운 달님
하늘 올라 고인 님 사랑 받으니
명월 되어 온 세상 발아래 두고
백두대간 준령들 큰절 받으며
도도한 월색이야 비길 데 없네

2
화사한 달빛 아래 위풍 당당히
옛날 위를 달려간 새로 난 길이
엎드린 설악준령 감고 넘을 때
천불동 굽이굽이 속살 보이며
산자락 휘돌아서 너울 춤 추는
교교한 달빛 세상 꿈속만 같네

나의 당신

1

바라건대 그대가 나의 당신일 수 있다면
나는 당신에게 하얀 도화지가 되리이다
그 위에 당신이 바라는 나를 그려 주어요
그러면 나는 당신이 그려 준
도화지 속 내가 될 겁니다

오 그대여 당신은 나를 그리면서 행복을 알고
자랑스런 눈길로 바라보며 뿌듯한
나만의 당신이었으면 좋겠소
나만의 당신이 되어 주세요

2

하얀 눈이 부시게 펼쳐진 들판에 나가서
눈사람을 만들어 주어요 크면 큰대로 작으면 작은 대로
그대의 가슴에 투영된 나를 나는 보고 싶어요
그대의 손길이 빚어 준 대로
당신의 손길 따라 살 것입니다

오 그대여 당신은 나를 그리면서 행복을 알고
자랑스런 눈길로 바라보며 뿌듯한
나만의 당신이었으면 좋겠소
나만의 당신이 되어 주세요

나이 듦에 대하여

1

늙는다고 서러워 마라 화를 내지도 말아라
이 세상 사람 모두 거쳐 가는 과정이란다
당당하게 살아가면서 여유 있게 미소 지으며
미련일랑 던져 버리고 넉넉하게 사랑하라
외모가 늙는 것이 아니고 마음이 약해진 것이니
주위와 비교하지 말고 나이를 잊어버려라

멋진 인생의 완성을 위하여 삶의 뒤안에 잠자고 있던
무지개색 불꽃으로 나만의 열정을 춤추게 하라

2

시작할 때 서둘지 말고 무난함에 감사하며
젊음과 친구하고 매력적인 이성이 되라
착각 속에 행복 있다 착각하며 살아 보자
사랑도 착각 운명도 착각 착각해도 좋은 게 인생

멋진 인생의 완성을 위하여 삶의 뒤안에 잠자고 있던
무지개색 불꽃으로 나만의 열정을 춤추게 하라

눈물 고여서

1

눈이 오는 날 만날 때처럼 우리 헤어집시다
오솔길로 아무 말없이 그냥 한참 걸을까 봐요
갈림길에서 악수하면 헤어져서 가는 겁니다

뒤는 돌아보지 말고 앞만 보고 가세요
나만 보고 있을 거예요 끝내 보고 있진 못합니다
뜨거운 것이 앞을 가려요 눈물 고여서 눈물 고여서

2

팔장 끼고 걷다가 갈림길에서 헤어져요
남겨진 아픔일랑 멀어져 가는 발자국 소리와 함께
소리 없이 쌓이는 눈 속에 묻으렵니다

뒤는 돌아보지 말고 앞만 보고 가세요
나만 보고 있을 거예요 끝내 보고 있진 못합니다
뜨거운 것이 앞을 가려요 눈물 고여서 눈물 고여서

님 오시는 날

1

님이 오시나 보다 달그림자 따라서
나 잠든 모습 보려 창문 너머로 오시나 보다
님이 오시나 보다 가랑닢 소리 밟고
가을 소식 전해 주려 바람결로 오시나 보다

오늘도 속절없이 님 그리는 마음은
달빛에서 님을 보고 빗소리에 님을 듣네
달그림자 바람 소리 가랑닢 빗소리에
님이신가 짐짓 놀라 창 너머로 귀를 열어
바람결을 쫓는다오

2

님이 오시나 보다 추적추적 빗소리에
눈물을 삼키시고 그리움 안고 오시나 보다
님이 오시나 보다 소복소복 쌓인 눈 속
화들짝 기쁨 주려 가만가만 오시나 보다

오늘도 속절없이 님 그리는 마음은
달빛에서 님을 보고 빗소리에 님을 듣네
달그림자 바람 소리 가랑잎 빗소리에
님이신가 짐짓 놀라 창 너머로 귀를 열어
바람결을 쫓는다오

당신 때문에

1

오늘 밤 베갯머리 하얗게 뒤척이며 지새는 것은
당신이 그리워서 잠 못 들기 때문입니다
오늘 밤 귀뚜라미 울음소리 처량하게 들리는 것은
사무치는 외로움에 눈물짓기 때문입니다

달빛은 싸늘히 창틈으로 스미고
상념에 잠 못 드는 나의 내일 밤도
사랑은 아프겠지요 당신 때문에 당신 때문에

2

오늘 밤 낙엽 지는 소리가 나의 간장 녹이는 것은
당신 없는 이 세상에 절망하기 때문입니다
오늘 밤 귀청 찢는 우레 소리 하늘 땅을 가르는 것은
참던 가슴 터드리며 울부짖기 때문입니다

달빛은 싸늘히 창틈으로 스미고
상념에 잠 못 드는 나의 내일 밤도
사랑은 아프겠지요 당신 때문에 당신 때문에

당신의 작은 손

1

칭송 듣는 큰 손보다 아름다운 작은 손
괴롭고 쓰라린 것 견디며 남몰래 눈물 훔쳤고
궂은일 피하거나 힘든 일 마다하지 않고
적시고 긁혀 가며 애틋하게 거칠어진 손

도듬한 손등에 배어 있는 따스함
다함없는 용서로 영혼을 보듬는
당신 작은 손이여

2

구석진 곳 살피고 괴로울 때 감싸 준 손
어질고 착하게 인도하며 언제나 인정 많았고
사랑과 지혜로 사람의 길 깨달음 주며
한없이 너그러운 남 모르게 정직한 손

도듬한 손등에 배어 있는 따스함
다함없는 용서로 영혼을 보듬는
당신 작은 손이여

사나이

1
이 세상 하직할 때 한이 남으면 실패한 것
이루어 낸 세상의 공덕이 지대하다 하여도
죽음 앞에 발버둥치면 인생에서 패배한 것
어느 날 무거운 병이 둥지를 틀었다 해도
위문하는 면면들의 숙연한 표정 위에
빵 터지는 유머 하난 날리는 사나이

그런 남자와 사는 여자는 모두가 부럽다 하네
일주일만 산다 해도 원 없겠다 한단다

2
마누라 떠난 후에 화장실에서 웃을지라도
그녀의 상한 몸에 내 몸 한쪽 내어주는
의협심은 있어야 사나이가 아니더냐
비극의 타이타닉호 남자 주인공처럼
사랑하는 여인을 구명정에 올려 놓고
검푸른 파도 속을 헤엄쳐 가는 용기

그런 남자와 사는 여자는 모두가 부럽다 하네
일주일만 산다 해도 원 없겠다 한단다

사랑의 불씨

1

오늘따라 그대가 너무도 보고 싶어
일손도 잡히지 않고 그대 모습만 떠올라
아무것도 아무것도 생각할 수가 없어
밤하늘엔 별빛이 조롱하듯 반짝이고
달빛은 비웃으며 차갑게 지켜보고 있네

추억에 젖어 드는 길목에 서서 돌아보는 사랑은
묻어 둔 불씨처럼 들추어 볼 때마다 빠알게 남아 있네

2

추억 속의 그대는 변함없이 따뜻하네
매달리듯 팔짱을 끼고 강가를 산책하며
머리를 내 어깨에 기대던 당신은
날아온 나비처럼 사뿐히 내게로 와
허전한 내 마음 춤추게 한다네

추억에 젖어 드는 길목에 서서 돌아보는 사랑은
묻어 둔 불씨처럼 들추어 볼 때마다 빠알게 남아 있네

사랑이 머문 자리

1
사랑이 머문 자리 시선이 머물지만
내 마음은 둘 곳 없어 허공만 바라본다
비가 와도 눈이 와도 한결같은 모습으로
수없이 오가면서 길에 새긴 우리 사랑
못 잊어서 다시 찾은 다정하게 거닐던 길
지난날을 회상하며 궂은비에 젖는 오늘

2
사랑이 타던 자리 향기가 머물기에
그리움의 파도 일고 가슴이 아려 온다
비바람도 눈보라도 축복이라 말하면서
낭만을 노래하던 잊지 못할 나의 사랑
밀려오는 옛 생각에 고인 눈물 쏟아질까
하늘 보며 딛는 걸음 정처 없는 발길이여

야속한 님아

1

세상이 미운 걸까 사람이 미운 걸까
떠난 님이 야속하여 서러움이 북받친다
떠나가는 발길 따라 멀어지는 뒷모습에
하늘이 무너지고 이 내 가슴 미어졌소

오늘도 속절없이 기다리는 여자의 마음
눈물 자국 지기 전에 한달음에 돌아와 주오

2

세상을 원망하며 사랑을 놓지 못해
가신 님을 그리면서 다시 올 날 기다리네
세상만사 관심 없어 눈을 감고 귀 막건만
보이는 건 님의 얼굴 들리는 건 님의 음성

오늘도 속절없이 기다리는 여자의 마음
눈물 자국 지기 전에 한달음에 돌아와 주오

와인

요정의 피일까 피의 요정일까
견딜 수 없는 그 유혹에 빠지고 싶다
차거운 지하 기약 없는 시간
어둠 속 긴 세월을 기다린 보람

향기로 피어나 빛깔로 익었다
글라스에 따르는 순간
고혹적 자태에 마음을 빼앗긴다

천 가지 맛으로 혀를 휘감는 너와의 입맞춤은
만 가지 향으로 비단결처럼 입안을 감돌아
세상살이 한 행복을 맛보게 하네
세상살이 온갖 시름 다 잊게 하네

와인 영원히 사랑 받을 생명수여
기꺼이 몸과 마음을 맡기노라

유언

1

처음엔 미소에 끌렸고 그 따스함에 매료되면서
어느새 사랑에 빠져선 세상의 중심에 서 있습니다
내가 살아 숨 쉬는 대기를 그이도 함께 숨 쉬고 있는
이 현실에 나는 더 바랄 게 없습니다

사랑에 자가중독된 나는 희열이 가득한 행복의 방에서
문을 걸어 잠그렵니다 방해하지 마세요
Do not disturb anymore

2

그이가 지나간 자리의 터럭조차도 더 없이 소중하며
상처의 허물이라 해도 나의 영광으로 받겠습니다
그가 보지 못하고 듣지 못하고 움직이지 못한다 해도
나는 그이 곁을 지키오리다

사랑에 자가중독된 나는 희열이 가득한 행복의 방에서
문을 걸어 잠그렵니다 방해하지 마세요
Do not disturb anymore